कुछ ख़्याल तीखे हैं

मीनाक्षी वर्मा

Invincible Publishers

First published in India in 2018

ISBN: 978-93-87328-48-8

Invincible Publishers

G-120, Sushant Lok III, Sector 57, Gurgaon-
122002

Registered Address: Opposite Kasturba Ashram,
Radaur, Haryana–135133

मीनाक्षी का जन्म 27. दिसंबर 1972 को नई दिल्ली में हुआ था। वह अपने पति और बेटी के साथ हरियाणा के गुरूग्राम में रहती है। 1994 में जीसज एंड मैरी कॉलेज (दिल्ली विश्वविद्यालय) से स्नातक होने के बाद 1997 में उनका विवाह हो गया। इंटीरियर डिजाइनर होने के बावजूद उन्होंने घर संभालना ही पसंद किया। अपना समय वह पढने (साहित्य, इतिहास, आध्यात्मिक) और लेखन (कविता और उपन्यास) में व्यतीत करती हैं। वह भारतीय संस्कृति की समर्थक हैं। ईश्वर और कर्म में उनका गहरा विश्वास है। मानवाधिकार के विषय में उनकी सोच बहुत संवेदनशील है।

"महारानी मीरामणि का ब्रह्म: सिंहासन" मीनाक्षी वर्मा का पहला ऐतिहासिक, राजनैतिक एवं सामाजिक

उपन्यास था, जो सन् 2017 में प्रकाशित हुआ। इस उपन्यास की कहानी पूर्णतया काल्पनिक थी। ये किताब उनके निजी अनुभवों और विचारों का संगम था, जिसमें उन्होंने सभी के समान अधिकारों के साथ 'किन्नर' बच्चों के सम्मान और अधिकारों का प्रश्न उठाया था, और ना केवल सवाल उठाए थे, बल्कि इसके समाधानों का सुझाव देने की भी इस समाज को कोशिश की थी। उनका मानना है कि माता-पिता को अपने सभी बच्चों की परवरिश समान रूप से करनी चाहिए चाहे बच्चा लड़का हो, लड़की हो या कि 'किन्नर'। उनकी यह किताब पाठकों द्वारा बहुत पसंद की गई और उनके विचारों की सराहना भी की गई।

"कुछ ख़्याल तीखे हैं" मीनाक्षी वर्मा की दूसरी किताब है। इस किताब में कुछ कविताएँ उनके निजी अनुभवों से जुड़ी हुई हैं, तो कुछ कविताओं में उनका मनुष्य होने के नाते समाज की बुराइयों के प्रति आक्रोश है। कोई भी घटना जब उनके मन को ख़ुशी या चोट पहुँचाती है तो वह लिखकर अपनी भावनायें व्यक्त करती हैं। ऐसी ही उनकी कुछ भावनाओं ने कवितायों का रुप लिया है। उनकी निजी डायरी से उन्होंने कुछ कविताएँ चुनकर अपनी दूसरी किताब "कुछ ख़्याल तीखे हैं" के लिए निकाली हैं।

मेरी यह किताब हर उस व्यक्ति को समर्पित है जो अन्याय के विरुद्ध आवाज़ उठाने की हिम्मत रखता है और समाज की कुरीतियों और बुराइयों को दूर करने की यथासंभव कोशिश करता है।

आभार

मैं नतमस्तक हूँ उस ईश्वर के आगे जिसने मुझे मनुष्य रूप में जन्म दिया और मुझे संवेदनशील बनाया, लेखन के गुण मेरे अंदर जागृत किए जिससे मैं अपने विचारों को शब्दों में व्यक्त कर पाती हूँ।

मैं आभारी हूँ अपनी माता श्रीमती कमलेश सिंह की और मेरी बुआ कांता सिंह की जिन्हें मैं अपनी दूसरी माँ, और बड़ी बहन मानती हूँ। मैं आज जो कुछ भी हूँ, इन्हीं दोनों के विश्वास और प्रार्थनाओं का नतीजा हूँ। इन दोनों ने मुझे भावनात्मक रूप से कभी टूटने नहीं दिया, हमेशा मेरे साथ एक मज़बूत खम्भे की तरह खड़ी रहीं। इन दोनों के बिना मैं अपने अस्तित्व की कल्पना भी नहीं कर सकती हूँ। निस्वार्थ भाव से सबका भला करना इन दोनों का ही स्वभाव है।

जहाँ मेरी माता श्रीमती कमलेश सिंह बड़े से बड़ा दान करने से पीछे नहीं हटतीं, वहीं मेरी बुआ कांता सिंह अन्नपूर्णा का साक्षात रूप हैं, जिनके होते हुये कोई भी भूखा नहीं रह सकता।

मैं आभारी हूँ अपने पिता श्री रघुबीर सिंह के आशीर्वाद के लिए जिन्होंने कभी अपने विचारों को हम बच्चों पर नहीं थोपा और हमें वो बनने दिया जो हम बनना चाहते थे, वही करने दिया जो हम करना चाहते थे। उनकी छवि समाज में एक ईमानदार और सज्जन पुरुष की है

जिसकी वजह से मैं उनकी बेटी होने का गर्व महसूस करती हूँ।

साथ ही आभारी हूँ अपने पति संजय वर्मा और बेटी देवांगी के हर तरह के सहयोग के लिए। मेरे पति संजय वर्मा एक मेहनती और कर्मठ इंसान हैं जिन्होंने हार मानना कभी सीखा ही नहीं। उनका जीवन बहुतों के लिए प्रेरणा स्रोत है। जीवन में कितनी भी परेशानियां और रुकावटें आएँ वो उन्हें हरा के ही दम लेते हैं। मेरी बेटी देवांगी मेहनत करने में उनकी ही छाया है। हमारी बेटी हर फ़ील्ड में अव्वल रहती है और उसके सारे अवार्ड हमें उसके माता-पिता होने का गौरव कराते हैं।

एक और शख़्सियत हैं जिनका नाम अगर मैं नहीं लूंगी तो कुछ अधूरा रह जाएगा और वो शख़्स हैं मेरी प्यारी सहेली श्रीमती शारदा अग्रवाल, जिन्होंने हमेशा मुझे बड़ी बहन की तरह स्नेह दिया है और मैं हमेशा उनकी दुआओं और प्रार्थनाओं में शामिल हूँ। उन्होंने हमेशा मुझे प्रोत्साहित किया है।

आभारी हूँ अपने पब्लिशर अजय सेतिया की, जिसने मेरी पहली किताब से लेकर दूसरी किताब तक बहुत मेहनत की है। कम उम्र में ही उसने कई उपलब्धियां हासिल की हैं जो उसकी कड़ी मेहनत का नतीजा है। मैं हमेशा कहती हूँ कि अजय सेतिया, उसकी टीम और उसका पब्लिशिंग हाउस नये लेखकों के लिए वरदान है क्योंकि वो अपने लेखकों की इच्छाओं का पूरा सम्मान

करता है और उनकी इच्छाएँ पूरी करने की भरपूर कोशिश भी करता है।

अंत में अपने सभी पाठकों की आभारी हूँ, जिनकी प्रशंसा ने मुझे अपनी दूसरी किताब लिखने के लिए प्रेरित किया।

सभी का हृदय से धन्यवाद

मीनाक्षी वर्मा

भूमिका

कुछ ख़्याल तीखे हैं मेरे
कुछ ख़्याल मेरे जोशीले हैं
चुभते हैं नश्तर की तरह
कुछ ख़्याल मेरे नुकीले हैं।।

कुछ ख़्याल दर्द में डूबे हैं
वो आग से भड़कीले हैं
कुछ ख़्याल प्यार में डूबे हैं
वो सतरंगी, सपनीले हैं
कुछ ख़्याल तीखे सवाल हैं
कुछ ख़्याल मीठे जवाब हैं
चुभते हैं नश्तर की तरह
कुछ ख़्याल मेरे नुकीले हैं।।

कुछ ख़्याल दिल में दफ़्न हैं
वो आँखों से बह जाते हैं
जो आँखों से बह जाते हैं
वो मिट्टी में मिल जाते हैं
कुछ ख़्याल कभी बरसते हैं
कुछ ख़्याल कभी गरजते हैं
चुभते हैं नश्तर की तरह
कुछ ख़्याल मेरे नुकीले हैं।।

कुछ ख़्याल ज़हन में उठते हैं
वो शब्दों में ढल जाते हैं
जो शब्दों में ढल जाते हैं
वो ख़्याल अमर हो जाते हैं
कुछ ख़्याल तो हक़ीक़त हैं
कुछ ख़्याल मेरे अफ़साने हैं
चुभते हैं नश्तर की तरह
कुछ ख़्याल मेरे नुकीले हैं।।

कुछ ख़्याल पंछी बन जाते हैं
वो दूर गगन तक जाते हैं
कुछ ख़्याल नदी बन जाते हैं
वो दूर कहीं बह जाते हैं
कुछ बूँद-बूँद बरसते हैं
कुछ पानी को तरसते हैं
कुछ ख़्वाब कभी बन जाते हैं
कुछ नींद उड़ा ले जाते हैं
चुभते हैं नश्तर की तरह
कुछ ख़्याल मेरे नुकीले हैं।।

कुछ ख़्याल तीखे हैं मेरे
कुछ ख़्याल मेरे जोशीले हैं
चुभते हैं नश्तर की तरह
कुछ ख़्याल मेरे नुकीले हैं।।

"कुछ ख़्याल तीखे हैं" मेरी दूसरी किताब है जिसमें मेरी हिंदी कविताओं का मिश्रित संग्रह है। मैं अपने सभी पाठकों की आभारी हूँ जिनकी प्रशंसा ने मुझे अपनी दूसरी किताब लिखने के लिए प्रेरित किया। मेरी निजी डायरी में से कुछ ख़ास कवितायें मैंने अपनी दूसरी किताब "कुछ ख्याल तीखे हैं" के लिए निकाली हैं, आशा करती हूँ कि ये मेरे पाठकों को पसंद आयेंगी।

मेरी पहली किताब "महारानी मीरामणि का ब्रह्म सिंहासन" एक सामाजिक उपन्यास था जो मेरे निजी अनुभवों और काल्पनिक विचारों का संगम था। इसे पाठकों का बहुत प्यार मिला और कई लोग इसे पढ़कर अपने जीवन को बदलने की कोशिश भी करने लगे। ये बात मेरे लिए किसी अवार्ड से कम नहीं है कि मेरे विचार किसी की सोच को बदल सकते हैं, किसी के जीवन में बदलाव भी ला सकते हैं।

कुछ कविताएँ मेरे निजी अनुभवों से जुड़ी हुई हैं, तो कुछ कविताओं में मेरा मनुष्य होने के नाते समाज के प्रति आक्रोश है। कोई भी घटना जब मुझे ख़ुशी या बेहद दुख देती है तो मैं अपने विचारों को शब्दों में ढाल कर, कागज़ पर उतारकर शांति पाती हूँ। ऐसे ही मेरे विचार कभी कहानी का रूप ले लेते हैं तो कभी कविताओं का।

इसमें एक ख़ास कविता है जिसका शीर्षक है "कालेधन की दुकानें बंद हैं", ये कविता मैंने अपने तत्कालीन

प्रधानमंत्री "श्री नरेन्द्र मोदी जी" को समर्पित की है क्योंकि उनकी भ्रष्टाचार और काले धन के विरुद्ध लड़ाई में मैं भारत की एक नागरिक होने के नाते से सहयोग देना चाहती हूँ। आशा करती हूँ कि मेरी यह कविता भारत के हर नागरिक के लिए प्रेरणादायी सिद्ध होगी। मेरी किताब की शुरुआत मैंने इसी कविता से की है।

एक और कविता है जिसका शीर्षक है "ये वक़्त कैसा वक़्त है", ये कविता मेरे मन का आक्रोश है जो समाज की कई बुराइयों को देखते हुए मेरे दुखी हृदय से निकली है। यह कविता मेरे दोस्तों और मेरे परिवार को बहुत ख़ास लगी है।

"अभी टूटी नहीं हूँ मैं", इस कविता को बहुत तारीफें मिली हैं। यह कविता औरतों के लिए प्रेरणादायी सिद्ध हो रही है। मेरा निजी तौर पर यह मानना है कि औरतों में पुरुषों के मुक़ाबले आत्मिक बल कहीं अधिक होता है। इस आत्मिक बल की बदौलत वह पुरुषों से मानसिक तौर पर अधिक मज़बूत होती हैं। जब कोई भी औरत अपने अंदर की इस आत्मिक शक्ति को पहचान लेती है तो फिर वह ना डरती है और ना ही टूटकर बिखरती है, बल्कि तमाम मुश्किलों के बावजूद निरंतर अपने रास्ते पर आगे बढ़ती जाती है। मेरी यह कविता ऐसी ही मज़बूत आत्मशक्ति वाली सभी महिलाओं को समर्पित है।

"मदर टेरेसा" की एक कविता "DO IT ANYWAY" ने मुझे हमेशा प्रेरित किया है। उनकी कविता का सार कुछ इस तरह है कि इस दुनिया में ज्यादातर लोग बहुत

स्वार्थी और आत्म- केंद्रित होते हैं, जो अपने फ़ायदे के लिए आपका इस्तेमाल करते हैं और फिर अपनी राह लेते हैं, पर कोई बात नहीं आप इन्हें फिर भी क्षमा कर दें। अगर आप ईमानदार हैं तो लोग आपके साथ दग़ाबाज़ी कर देते हैं, पर कोई बात नहीं फिर भी आप ईमानदार ही बने रहें। अगर आपको कुछ भी ख़ुशियाँ मिलती हैं या आप किसी बात पर खुश रहते हैं तो लोग आपसे जलन रखते हैं, पर कोई बात नहीं आप फिर भी ख़ुश रहिये। अगर आप किसी के लिये कुछ भी अच्छा करते हैं, तो लोग अक्सर भूल जाते हैं परंतु थोड़ा सा भी अगर बुरा हो जाए तो उसे बरसों याद रखते हैं, पर कोई बात नहीं आप फिर भी हमेशा अच्छा ही करिये और हृदय से दयालु बने रहिए। इन चीज़ों से घबराकर हमें अपनी अच्छी राहों से पीछे नहीं हटना चाहिए। अपनी कविता के अंत में उन्होंने लिखा है कि हम जो कुछ भी अच्छा-बुरा करते हैं, वो सब कुछ हमारे और ईश्वर के बीच में होता है, ना कि हमारे और मनुष्यों के बीच में। केवल ईश्वर ही आपके द्वारा किए गए सदगुणों का सही आंकलन करके उसका शुभ फल प्रदान करते हैं। इसलिए हम अपने साथ बुरा करने वाले लोगों को क्षमा करके आगे बढ़ते जायें, यही हमारे हक़ में अच्छा होता है। इसका वर्णन मैंने अपनी कविता “कहानी एक ना एक दिन तो हम सब को होना है” में किया है।

हमारे समाज में कुछ घरों में लड़कियों के लिए नियम कुछ और होते हैं और लड़कों के लिए कुछ और। हमारी बेटियां चाहती है कि उनके पिता उन्हें आगे बढ़कर कुछ करने दें, कुछ बनने दें ताकि वो अपने परिवार के लिए कुछ कर सकें। एक बेटी अपने पिता से प्रार्थना करती है

कि उसको भी सूर्य की तरह चमकना है और उसे अपना जीवन अपने तरीक़े से जीना है। उसे उसका जीवन उसकी ख़ुशी से जीने दिया जाए। इसका वर्णन मैंने अपनी कविता "मुझको तुम सूर्य सा निकलने दो" में किया है। मेरी यह कविता हर एक पिता और हर एक बेटी को समर्पित है।

इस दुनिया में अक्सर यह देखा गया है कि एक पति अपनी संस्कारशील, सीधी- सादी, ईमानदार, प्रेम करने वाली गृहणी पत्नी को छोड़कर दूसरी औरतों के मोहपाश में बँध जाते हैं और अपनी पत्नी का तिरस्कार करने लगते हैं। तब पत्नी को ये समझ ही नहीं आता कि उसकी गलती क्या है, पति की हर इच्छा का सम्मान करने के बाद भी उसका पति उसका त्याग क्यों कर रहा है, ये सब उसके लिए बेहद असहनीय होता है क्योंकि औरतें पति के घर को ही अपना घर समझती हैं। अपने निजी व्यक्तित्व को और अपने वजूद को उन्होंने एक तरह से अपने पति की इच्छाओं के लिए ख़त्म कर दिया होता है। इसका वर्णन मैंने अपनी कविता "कब तक दुख" में किया है। अपने पति और ससुराल की इच्छाओं का सम्मान करना हर स्त्री का धर्म है परन्तु अपने आप को अपमानित करके नहीं, अपने आपको चोट पहुँचा के नहीं। हर स्त्री के लिए अपना मान सम्मान और गरिमा बनाए रखना भी बहुत ज़रूरी है। सम्मान के बदले में सम्मान पाना और आदर के बदले में आदर पाना हर व्यक्ति का हक़ है, अधिकार है।

"रावण के जलते सवाल", इस कविता के ज़रिए मैंने कलियुग में रावण की मनोदशा का वर्णन किया है।

हमारा देश भारत जो कि कभी भगवान श्रीराम का राज्य था, यहाँ रावण को माता सीता के अपहरण और अपमान के लिए कभी क्षमा नहीं किया गया। आज तक भी दशहरे का पर्व हर वर्ष मनाया जाता है जिसमें बुराई पर अच्छाई की विजय दिखाई जाती है। पर क्या आज हम अपने भारतवर्ष को राम राज्य की धूल भी कह सकते हैं। अपहरण और बलात्कार जैसी ख़बरों से अख़बार और न्यूज़ चैनल भरे हुए हैं। क्यों आज श्रीराम और कृष्ण जैसे अवतार जन्म नहीं लेते, क्यों पापियों से जनता का उद्धार नहीं करते। शैतान का तांडव यहाँ ज़ोरों पर है और भगवान कहीं सो गये हैं, यही कुछ ज्वलंत प्रश्नों का उत्तर रावण भगवान श्रीराम से माँग रहे हैं।

इन सब कविताओं के अलावा कुछ और प्रेरणादायी कविताएँ जैसे "मेरी शख़्सियत", "मेरा वजूद", "कभी काँटे ना बिछा" आदि मैंने अपने पाठकों के लिए चुनी हैं। आशा करती हूँ कि मेरी ये किताब भी पाठकों को पसंद आयेगी।

धन्यवाद
मीनाक्षी वर्मा

(प्रधानमंत्री "श्री नरेन्द्र मोदी जी" को समर्पित)

"कालेधन की दुकानें बंद हैं"

हमारे हौसले बुलंद हैं
हर मन में जन-गण-मन है
अब सुधरो या सजा पाओ
काले धन की दुकानें बंद हैं,
दिलों में नई तरंग है
नारा यही बुलंद है
अब सुधरो या सजा पाओ
काले धन की दुकानें बंद हैं।।

काला धन नहीं जुड़ने देंगे
चलन अब रिश्वतों का रोकना है
नष्ट अब भ्रष्टाचार कर देंगे
हर दिल का यही अब सोचना है,
मिटा देंगे हर भ्रष्टाचारी
जला देंगे ये काला धन
समर्पित देश पर कर देंगे
अपना पूरा तन-मन-धन।

हमारे हौसले बुलंद हैं
हर मन में जन-गण-मन है
अब सुधरो या सजा पाओ
काले धन की दुकानें बंद हैं।।

अपनी मेहनत की खायेंगे
अब यही कसम उठाएंगे
हक मारने वालों को हम
माफ़ ना अब कर पायेंगे,
हम भी क्रांतिकारी हैं
हम भी इंकलाबी हैं
हमारे रास्ते कठिन हैं
फिर भी बढ़ते जायेंगे।

हमारे हौसले बुलंद हैं
हर मन में जन-गण-मन है
अब सुधरो या सजा पाओ
काले धन की दुकानें बंद हैं।।

बंद करो सब भ्रष्टाचार
यही नारा बनायेंगे
ना हारे थे, ना हारे हैं
हम तो बढ़ते ही जायेंगे,
जुर्म अब करना नहीं
और ना ही करने देना है
युद्ध है अधर्म से
पर धर्म से ही जीतना है।

हमारे हौसले बुलंद हैं
हर मन में जन-गण-मन है
अब सुधरो या सजा पाओ
काले धन की दुकानें बंद हैं।।

यह देश नहीं बेईमानों का
हम इनको सबक सिखायेंगे
हम बाण बनेंगे अर्जुन का
और लक्ष्य-भेदन कर जायेंगे,
जब तक नहीं समझेंगे लोग
तब तक उन्हें समझायेंगे
काले धन का एक भी सिक्का
हम अपने घर ना लायेंगे।

हमारे हौसले बुलंद हैं
हर मन में जन-गण-मन है
अब सुधरो या सजा पाओ
कालेधन की दुकानें बंद हैं।।

हम भारत की संतान हैं
तिरंगा हमारी शान है
मन में बड़े तूफान हैं
दिल में नए अरमान हैं,
तिरंगे की शान हम
पूरे विश्व में लहरायेंगे
हम देश के सपूत हैं
यह साबित करके जायेंगे।

हमारे हौसले बुलंद हैं
हर मन में जन-गण-मन है
अब सुधरो या सजा पाओ
कालेधन की दुकानें बंद हैं।।

ये वक़्त

ये वक़्त कैसा वक़्त है
ये दौर कैसा दौर है
शैतान का तांडव यहाँ
नटराज ही कमज़ोर हैं।

ये वक़्त कैसा वक़्त है
ये दौर कैसा दौर है।।

इंसान तो ख़ामोश हैं
बस भेड़ियों का शोर है
अब घर कैसे आबाद हों
जब पहरेदार चोर हैं।

ये वक़्त कैसा वक़्त है
ये दौर कैसा दौर है।।

यहाँ नशे में डूबे लोग हैं,
ख़ुद से ही ऊबे लोग हैं
रात तो काली ही थी
अब काली यहाँ की भोर है।

ये वक़्त कैसा वक़्त है
ये दौर कैसा दौर है।।

जो हक़ की बातें करते हैं
हर रोज़ यहाँ पे मरते हैं
जो हक़ छीन कर रहते हैं
बस वही ख़ुशी से जीते हैं।

ये वक़्त कैसा वक़्त है
ये दौर कैसा दौर है।।

ख़ुद की परछाईंयों से डरते हैं
ख़ुद अपना ही सौदा करते हैं
प्यार से जो भी जीना चाहते हैं
वही हर रोज़ ख़ुदकुशी करते हैं।

ये वक़्त कैसा वक़्त है
ये दौर कैसा दौर है।।

हर रिश्ता यहाँ का झूठा है
बस धन से ही गया सींचा है
लोग ग़ैरों में प्यार ढूँढते हैं
घर के आँगन में रिश्ते टूटते हैं।

ये वक़्त कैसा वक़्त है
ये दौर कैसा दौर है।।

इस दुनिया की उलटी रीतें है
सबके चेहरे पे बस मुखौटे हैं
आईना देखने से डरते हैं
दुख से अब आईने भी रोते हैं।

ये वक़्त कैसा वक़्त है
ये दौर कैसा दौर है।।

शहर में जंगली राज करते हैं
इंसान कहाँ जंगलों में बसते हैं
साँप ने विष उगलना छोड़ दिया
इंसाँ एक-दूसरे को डसते हैं।

ये वक़्त कैसा वक़्त है
ये दौर कैसा दौर है।।

हो गई कैसी मानव ज़ात है
आ गई कैसी सदी आज है
सब पर हवस सवार है
कितने शरम की बात है।

ये वक़्त कैसा वक़्त है
ये दौर कैसा दौर है।।

आज की दुनिया में देखो
इंसानियत बदल गई है
प्यार, या ममता, करूणा
वासना में खो गई है
किस सदी में आ गये हम
मानवता को छोड़कर
रेप पर सियासत गर्म है
शर्मिंदा है इंसानियत
रक्षक ही भक्षक बनें हैं
अब कहाँ जाये मासूमियत
मंदिर में भगवान सो रहे
हँस रही शैतानियत
जो कर सकते हैं इनका सामना
वो मौन समाधि में बैठे हैं
बिलख-बिलखकर रो रही है
हर इंसान की इंसानियत
क्या होना है यहाँ,
अब क्या बचा
कुछ और है???

ये वक़्त कैसा वक़्त है,
ये दौर कैसा दौर है।।

आज शैतान बैठा है
पहरे पर, धर्म-द्वार के
और शिव का त्रिनेत्र भी
खुलकर भस्म करता नहीं
आज भरता ही नहीं
किसी भी पापी का घड़ा
और द्रौपदी की पुकार पर
यहाँ कोई कृष्ण हिलता नहीं
क्या होना है यहाँ,
अब क्या बचा
कुछ और है???

ये वक़्त कैसा वक़्त है,
ये दौर कैसा दौर है।।

ये वक़्त कैसा वक़्त है,
ये दौर कैसा दौर है
शैतान का तांडव यहाँ,
नटराज ही कमज़ोर हैं
ये वक़्त कैसा वक़्त है,
ये दौर कैसा दौर है।।

कहानी सबको होना है

इस दुनिया में रहकर अब
क्या पाना और खोना है
कहानी एक न एक दिन तो
हम सबको होना है।

अपने लिये क्या मरना है
अपने लिये क्या जीना है।
कहानी एक न एक दिन तो
हम सबको होना है।।

कुछ बातें ज़हन में रह जायेंगीं
कुछ शिकवे दिल में रह जायेंगे
जो कुछ कह-सुन नहीं पायेंगे
वही हर पल दिल को जलायेंगे
ज़िंदगी की इस भाग-दौड़ में
अब क्या छूटे, क्या रहना है।

कहानी एक न एक दिन तो
हम सबको होना है।।

हुनर सीखें चुप रहने का हम
छोड़ें ऐब हर बात कहने का हम
जो बातें तकलीफ़ दें दूसरे को
कुछ चुप रहकर उन्हें सह लें हम
इंसान के पास है ही क्या अपना
जो उसने किसी को देना है।

कहानी एक न एक दिन तो
हम सबको होना है।।

किसी का दिल दुखाकर
कभी यहाँ ख़ुशियाँ नहीं मिलती
खुदा तो दूर की है बात
सुकून की दुनिया नहीं मिलती
यहाँ करमों का सब इंसाफ़
एक दिन होकर ही रहना है।

कहानी एक न एक दिन तो
हम सबको होना है।।

जब भी कभी आईना उठायें हम
पहले ख़ुद देखें फिर दिखायें हम
सच का सामना पहले ख़ुद करें
फिर किसी दूसरे को सुनायें हम
आईने के सामने खड़े होकर
अब झूठ का ग़रूर तोड़ना है।

कहानी एक न एक दिन तो
हम सबको होना है।।

वक़्त क्या-क्या रंग दिखायेगा
ये यहाँ कौन जान पायेगा
कल तक जो राज करता था
वो आज मिट्टी में मिल जायेगा
किसको राज-पाट मिलेगा यहाँ
और किसको वनवास भोगना है।

कहानी एक न एक दिन तो
हम सबको होना है।।

प्यार के हों या नफ़रतों के
रिश्ते-नाते यहीं रह जायेंगे
जिन पर ग़रूर करते हैं हम
वो बही-खाते यहीं रह जायेंगे
जो यहाँ नज़र कभी नहीं आता
उस खुदा ने ही साथ होना है।

कहानी एक न एक दिन तो
हम सबको होना है।।

बस अपना फ़र्ज़ निभाते चलें
बस अपना क़र्ज़ चुकाते चलें
निभाके अपना किरदार सच्चाई से
बस अपनी हक़ीक़तें बनाते चलें
क्यों झूठे बंधनों में फँसे रहें
जब अंत मौत का बिछौना है।

कहानी एक न एक दिन तो
हम सबको होना है।।

मेरी शख़्सियत

मेरी खासियत
मेरे चेहरे की मोहताज नहीं
मेरी क़ाबिलियत
मेरे नाम की मोहताज नहीं
मेरी ताक़त क़लम में है,
क़लम से है
मेरी शख़्सियत
अब शब्दों की मोहताज नहीं।।

मेरी क़लम नहीं ज्जबाती है
तलवार से तेज़ चल जाती है
ये बड़ी ही इंक़लाबी है
हथियारों की मोहताज नहीं
मेरी ताक़त क़लम में है,
क़लम से है
मेरी शख़्सियत
अब शब्दों की मोहताज नहीं।।

झूठे लोग मुझे सुन सकते नहीं
मैं बातें साफ़ किया करती हूँ
सच कहती हूँ, सच सुनती हूँ
मैं हिम्मत से जिया करती हूँ
मेरा सच तपन है सूरज का
वो दीपक का मोहताज नहीं
मेरी ताक़त क़लम में है,
क़लम से है
मेरी शख़्सियत
अब शब्दों की मोहताज नहीं।

मैं निखरी हूँ आग में तप-तपकर
फूलों की सेज पर सोई नहीं
कांटो से किया छलनी खुद को
पर बैठ-बैठ कर रोई नहीं
मेरा सच कांटे सा चुभता है
वो फूलों का मोहताज नहीं
मेरी ताक़त क़लम में है,
क़लम से है
मेरी शख़्सियत
अब शब्दों की मोहताज नहीं।

रो दिए मुझको रुलाने वाले
जल गए मुझ को जलाने वाले
गिर गए आज मेरी नजरों से
जो आए थे मुझको गिराने वाले
झूठों को झूठ ही सुनने दो
मुझे झूठ की दरकार नहीं
मेरी ताक़त क़लम में है,
क़लम से है
मेरी शख़्सियत
अब शब्दों की मोहताज नहीं।।

दुनिया से लोग चले जाते हैं
हसीं चेहरे भी फ़ना हो जाते हैं
नाम वही याद रह जाते हैं
जो काम बड़े कर जाते हैं
मेरे करम हैं मेरा आईना
जो तारीफ़ों का मोहताज नहीं
मेरी ताक़त क़लम में है,
क़लम से है
मेरी शख़्सियत
अब शब्दों की मोहताज नहीं।।

अभी टूटी नहीं हूँ मैं

अभी टूटी नहीं हूँ मैं

अभी टूटी नहीं हूँ मैं
अभी कुछ काम बाकि हैं
अभी तो साँस लेती हूं
अभी कुछ जान बाकि है
अभी गिरती-संभलती हूँ
अभी थकती हूँ, चलती हूँ
पर रूकती नहीं हूँ मैं
अभी टूटी नहीं हूँ मैं।।

जरा और जोर लगाओ
थोड़ा और आज़माओ
करो और कोशिश
हिलाओ मुझे,
मेरे रास्तों से
डिगाओ मुझे
फिर सताओ मुझे
और रुलाओ मुझे
नहीं झुकने वाली मैं
नहीं रूकने वाली मैं
उठूंगी फिर चलूंगी
रोक कर दिखाओ मुझे
अभिमानी नहीं
स्वाभिमानी हूँ मैं
अभी टूटी नहीं हूँ मैं।।

जो मैं महसूस करती हूँ
वो सब कुछ कह नहीं सकती
करूँ क्या, देखकर जुल्मों को
चुप भी रह नहीं सकती
मैं थोड़ी क्रांतिकारी हूँ
थोड़ी सी इंकलाबी हूँ
जुर्म जब करती नहीं
जुल्म भी सहती नहीं हूँ मैं
अभी टूटी नहीं हूँ मैं।।

रिश्तों के रंग देखकर
मुहब्बत के ढंग देखकर
तकलीफ में है दिल मेरा
छलनी है पूरी आत्मा
मेरी आँख में आँसू नहीं
रोती नहीं हूँ मैं
अभी टूटी नहीं हूँ मैं।।

अभी मैं शोक करती हूँ
अभी तो मोह बाकी है
अभी मैं प्रेम करती हूँ
अभी तो दर्द बाकी है
समय लगता है टूटने में
कुछ पुरानी बेड़ी को
रिश्तों के बंधनों से
छूटी नहीं हूँ मैं
अभी टूटी नहीं हूँ मैं।।

बहुत थीं कोशिशें दुश्मन की
मेरी आवाज दब जाए
डाल दूँ सारे हथियार
मेरी ये आँख झुक जाए
मगर मैं रूप हूँ चंडी का
नहीं हूँ सतयुग की सीता
मुश्किल होगा मेरा सामना
जो सब्र मेरा बीता
मैं अर्जुन हूँ
और कृष्ण है सारथी मेरा
युद्ध के मैदान से
डरती नहीं हूँ मैं
अभी टूटी नहीं हूँ मैं।।

अब तो छोड़ दो कोशिशें
ना मुझको आज़माओ तुम
ना लो इम्तेहान मेरा
बस अब बाज़ आओ तुम
मेरे अंदर की सोई चंडी को
बस मत जगाओ तुम
ये है आखिरी चेतावनी
ना मुझको सुलगाओ तुम
दबी हुई इस आग को
ना भड़काओ तुम
थोड़ी सुलग रही हूँ
बहुत भड़की नहीं हूँ मैं
अभी टूटी नहीं हूँ मैं।।।

मैं नदिया हूँ
मेरा तो काम ही बस
बहते जाना है
मेरा अंत है वो सागर
मुझे उसमें समाना है
मोड़ दो सारी दिशायें मेरी
या बाँध लगा दो मुझपर
निकलूँगी पूरे वेग से
ठहरी नहीं हूँ मैं
अभी टूटी नहीं हूँ मैं।।

ना मैं हिंदु हूँ, ना मुस्लिम
ना ही सिख और ईसाई
मेरा तो धर्म है इंसानियत
मैं जानूँ पीर पराई
मैं कर्म से योध्दा हूँ
और धर्म से फ़क़ीर
मेरे साथ है मेरा ईश्वर
उसका प्रेम मेरी जागीर
चलती हूँ निंरतर
रूकती नहीं हूँ मैं
अभी टूटी नहीं हूँ मैं।।

अभी टूटी नहीं हूँ मैं।।

मुझको तुम सूर्य सा निकलने दो

मुझको तुम सूर्य सा निकलने दो
जलने दो आज मुझे जलने दो
सूर्य की किरणों सा चमकने दो
सूर्य की अग्नि सा दहकने दो
मुझको तुम सूर्य सा निकलने दो
जलने दो आज मुझे जलने दो।।

छूने दो चाँद-तारों को मुझे
ख़ुद के लिए मुझको तुम निखरने दो
तपने दो तेज़ धूप में मुझे
जीवन का सार ख़ुद समझने दो
रग-रग में आग मुझे भरने दो
मुझको तुम सूर्य सा निकलने दो।।

पायल को ना बनाओ बेड़ियाँ
चूड़ियों को मत बनाओ हथकड़ी
साँसों पे मत लगाओ पहरे तुम
बंदिशों की तोड़ने दो सब कड़ी
धड़कन की ताल पे थिरकने दो
मुझको तुम सूर्य सा निकलने दो।

उड़ना खुली हवा में है मुझे
आँधियाँ कहाँ मुझे डरायेंगीं
तूफ़ाँ ना रोक पायेगा मुझे
चिंगारी कब तलक जलायेंगी
अपने मन की आज मुझे करने दो
मुझको तुम सूर्य सा निकलने दो।

तपना है, गलना है, जलना है
ख़ुद ही सफ़र पे अब निकलना है
आये ना चाहे कोई साथ मेरे
मुझको तो अब अकेले चलना है
अपनी सोच ख़ुद मुझे बदलने दो
मुझको तुम सूर्य सा निकलने दो।

जीवन मरण ना मेरे हाथ है
पाया था जो भी कहाँ साथ है
मरना तो एक बार होगा ही
खो कर रहेगा सब तो वैसे भी
मरने से पहले मुझे जीने दो
मुझको तुम सूर्य सा निकलने दो।
मुझको तुम सूर्य सा निकलने दो
जलने दो आज मुझे जलने दो।।

कब तक दुख

जब राम ने ही त्याग दिया था
सीता जैसी देवी को
कब तक दुख मनायेगी तू
अपनी बिरहा की पीड़ा को।।

अग्नि परीक्षा माँग के
नारीत्व का अपमान किया
ग़ैरों का कहा मान कर
अपनी पत्नी का त्याग किया
भगवान ने ही जब छोड़ दिया
पत्नी को तिल-तिल मरने को
कब तक दुख मनायेगी तू
अपनी बिरहा की पीड़ा को ।।

कोई भी युग रहा यहां पर
इतिहास हमेशा गवाह रहा है
जिस नारी ने त्याग किया है
उसको ठुकराया ही गया है
जब समझ ना पाये राम भी
अपनी पत्नी की पीड़ा को
कब तक दुख मनायेगी तू
अपनी बिरहा की पीड़ा को।।

जो नारी छलती है पुरुष को
वही हृदय पर राज है करती
करके समर्पण हार गई जो
वो रोती है तिल-तिल जलती
क्या सच तेरा हार गया
जो भोग रही हर पल दुख को
कब तक दुख मनायेगी तू
अपनी बिरहा की पीड़ा को।।

मकान को जो भी घर है बनाती
वो जोगन लुटती ही जाती
ना वो उस घर की रहती है
ना ही इस घर की हो पाती
जो है त्रिया चरित्र दिखाती
पुरुष को उंगली पर नचाती
उसके घर को लूट-लूट कर
दूजे के घर में पहुंचाती
वही प्रिया बनकर रहती जो
हाथ पुरुष के कभी नहीं आती
कब तक दुख मनायेगी तू
अपनी बिरहा की पीड़ा को।।

टूट-टूट कर बिखर गई तू
अब तुझको पूछेगा कौन
तोड़-तोड़ बिखरा गई जो
उसका तो है मोल अनमोल
तू गृहिणी है, पत्नी है तू
समर्पण करके हारेगी तू
वो अपना छितराकर रूप
खूब छलेगी तुझको-उसको
कब तक दुख मनायेगी तू
अपनी बिरहा की पीड़ा को।।

ये सतयुग नहीं है, कलयुग है
यहाँ के नियम निराले हैं
तन दिखते हैं उजले-उजले
पर मन सभी के काले हैं
यहाँ सच सूली पर चढ़ता है
और झूठ ख़ुशी से बिकता है
यहाँ त्याग की क़ीमत कौड़ी की
और बेशर्मी है लाखों की
कब तक दुख मनायेगी तू
अपनी बिरहा की पीड़ा को।।

जब तलक तू त्याग करेगी
तब तक छली जाती ही रहेगी
छलना जब तू सीख जाएगी
पुरुष हृदय पर राज करेगी
समय के रहते संभल जा तू
तोड़ बेड़ियां निकल जा तू
पहले जान ख़ुद क़ीमत अपनी
फिर जानेंगे बाकि सब भी
कब तक दुख मनायेगी तू
अपनी बिरहा की पीड़ा को।।

अपना वजूद जान ले तू
अपना अस्तित्व पहचान ले तू
अपना जीवन संभाल ले तू
खुद की हस्ती को मान ले तू
कब तक बनेगी परछाई
कब तक सहारा ढूंढेगी
जो तुझको अपना माने
बस उसको ही अपना मान ले तू
कब तक दुख मनायेगी तू
अपनी बिरहा की पीड़ा को।।

मत बन कठपुतली समझ ले तू
अब अपने को पहचान ले तू
ज़ुल्म सहना तेरा भाग्य नहीं
इतनी बात तो मान ले तू
चल उठ अपनी तकदीर बना
ना रो अपने अब हाल पे तू
अब आंख उठा कर देख जरा
अपनी शक्ति पहचान ले तू
सुख-दुख आयेगा-जायेगा
जीवन मगर रूकता तो नहीं
कब तक दुख मनायेगी तू
अपनी बिरहा की पीड़ा को।।

अपनी शर्तों पर

कहना तो मुझे भी कुछ था
वक्त आ गया, अब कहूँगी
सुन लिया जितना सुनना था
अब अपनी शर्तों पर ही जीऊँगी।।

चाहा था मैंने रहें साथ
बनके साथी एक-दूजे के
सुख-दुख बाँटे दोनों अपना
एक-दूजे से कह सुन के।

तुमने चाहा मैं झुकी रहूँ
चरणों की दासी ही बनके
सब जुल्म सहूँ चुप रहकर मैं
बस रहूँ पैरों की धूल बनके।

तुम कहते रहे मैं सुनती रही
तुमको लगा कमज़ोर हूँ मैं
मैं चुप थी अपनी शराफ़त में
तुमको लगा मजबूर हूँ मैं।

प्यार का बदला प्यार जो देते
तो फूल बनके रहती मैं
विश्वास में मेरे विष ना घोलते
तो महकाती घर की बगिया मैं।

तुमने सब भरम ही तोड़ दिया
मेरी हर साँस को रोक दिया
फूलों की तरह ना रखा मुझे
काँटों की सेज पर छोड़ दिया।

मेरे ज़ख़्म दर्द देते हैं बहुत
मुझे भूलने कुछ भी देते नहीं
धोखे तुम्हारे चुभते हैं बहुत
दिल में शूल बनकर सभी।

नारी तो प्रेम भंडार है
गर इज्जत से माथे पे रखो
जो खेल खेलना चाहते हो
तो घर में नहीं मैदान में मिलो।

हर खेल को पलट दूंगी
मैं शक्ति का अवतार हूँ
शिव भी फिर शव हो जाता है
शक्ति जो छोड़े साथ तो।

मानो लक्ष्मी तुम अगर मुझे
मैं चरणों में आ जाऊंगी
जो राक्षस रूप दिखाओगे
मैं चंडी रूप दिखाऊँगी।

मैं नारी हूं मैं शक्ति हूं
मेरे सामने क्या टिक पाओगे
जो युद्ध की बातें सोचोगे
तो मिट्टी में मिल जाओगे।

मैं चलूँगी बनके शीतल हवा
तुम दुख की गर्मी में तपोगे
मैं बहूँगी बनके नदिया-धारा
तुम बंजर से सूखे रहोगे।

मैं चमकूँगी सूर्य-किरण बनके
तुम उसकी अग्नि में जलोगे
मुझको धूल समझने वाले
अब उसी धूल में तुम मिलोगे।

जब क़द्र नहीं की तुमने मेरी
अब मुझे तुम्हारी क़द्र नहीं
यही करमों का फल होता है
जो देते नहीं, मिलता भी नहीं।

रोने से हासिल कुछ होता नहीं
समय बदलता सबके लिए
चाहे कितना भी इंतज़ार करो
गया वक़्त वापिस आता ही नहीं।

धैर्य-सीमा मेरी हद से पार है
सुन-सुनकर अब थक गई मैं
चुप्पी सारी अब तोड़नी है
मर-मर नहीं जी सकती मैं।

वक़्त आ गया कहने का अब
जो भी कहना है, कहूँगी
सुन लिया जितना सुनना था
अब अपनी शर्तों पर ही जीऊँगी।।

मेरा वजूद

किसी की तलाश मुझ पर
आकर खत्म होती है
किसी की तलाश मुझसे
दूर जाकर खत्म होती है
किसी को साथ मेरा
पाकर सुकून मिलता है
किसी को मुझसे दूर
जाकर खुशी होती है।।

मैं ख़ुद को खोकर
किसी की तलाश कैसे करुं
मैं रिश्तों में बंधी हूं
कुछ विचार कैसे करूं
मेरे भीतर चटख गया है
कहीं बहुत कुछ अब
जो चाहूँ भी तो
अब ऐतबार कैसे करूँ।।

ना वक्त की ठोकरें
आदत बदल पाईं हैं मेरी
जमाने का कोई भी रंग
चढ़ ना पाता है
ना ही दुखों से कभी
टूटने दिया ख़ुद को
ना ही पैरों के तले
बिछना मुझे आता है।।

कहीं कुछ है मेरे अंदर
जो बोलता है बहुत
वो मुझे सिर उठाने पर
बड़ा मजबूर करता है
दबाना चाहूँ भी चाहे उसे
मैं सख़्ती से
वो लावे की तरह ही
वेग से निकलता है।

ये स्वाभिमान है मेरा
या अभिमान है मेरा
अभी तो ज़्यादा अंदाज़ा
मुझे कुछ लग नहीं पाता
मैं ख़ुद को बर्फ़ की
सिल्ली सा सख़्त पाती हूँ
कभी जमता है कुछ अंदर
कभी पिघलता जाता।

मेरा वजूद तो बस
अपनी जगह चाहता है
मेरा दिल भी तो सिला
सब्र का ही चाहता है
मैं सिर उठा के जीऊँ
अब तो इस ज़माने में
मेरे हर ख़ून का क़तरा
यही तो चाहता है।

गिला किसी से नहीं
शिकवा, ना शिकायत है
मैं वहीं आ गई जहाँ
लगता सब इबादत है
शायद मेरे सिर पे कुछ
खुदा की इनायत है
तभी तो धर्म मेरा
सिर्फ़ इंसानियत है।

कुछ अधमरे से रिश्ते

कुछ दुख भरी कहानियाँ
और दर्द भरे नगमें लिखते हैं
उनकी अधमरी सी ख़्वाहिशें
कुछ अधमरे से रिश्ते हैं।
कुछ खून में डूबी क़लम से
रोते-रोते लिखते हैं
उनकी अधमरी सी ख़्वाहिशें
कुछ अधमरे से रिश्ते हैं।।

औरों के लिए जीने वाले
हर रोज़ अधूरा जीते हैं
सबकी ख़ुशियाँ चाहने वाले
बस सूनेपन में रहते हैं
कुछ बिखरे से कुछ टूटे से
जो अपनी धुन में रहते हैं
उनकी अधमरी सी ख़्वाहिशें
कुछ अधमरे से रिश्ते हैं।।

जो ना करते हैं शिकवा कभी
ना करते कभी शिकायतें हैं
भला करना, भला चाहना
इस दुनिया में कहाँ ये चलते हैं
उन्हें खुदा तो मिल भी जाता है
पर इंसान कभी नहीं मिलते हैं
उनकी अधमरी सी ख़्वाहिशें
कुछ अधमरे से रिश्ते हैं।।

जो सहते हैं हर बात ख़ुशी से
उनका दर्द कोई नहीं जानता
होंठों पर रहती मीठी मुस्कान
उनका मन कोई नहीं जानता
जो करते किसी से बैर नहीं
और ख़ैर सबकी माँगते हैं
उनकी अधमरी सी ख़्वाहिशें
कुछ अधमरे से रिश्ते हैं।।

जो ख़ुदगर्ज़ कभी नहीं होते
उन्हें इस्तेमाल बहुत किया जाता है
भलाई के नाम पर इस दुनिया में
उन्हें दगा बहुत दिया जाता है
शैतानों की भीड़ में रहकर भी
जो इंसानियत दिखा जाते हैं
उनकी अधमरी सी ख़्वाहिशें
कुछ अधमरे से रिश्ते हैं।।

जो रिश्तों के लिए जीते हर दम
उन्हें रिश्ते कभी नहीं मिलते हैं
ग़ैर उन्हें अपना लें चाहे
पर अपने कहीं नहीं मिलते हैं
जो चलकर भेड़ चाल से अलग
नई दुनिया अपनी बसा लेते हैं
उनकी अधमरी सी ख़्वाहिशें
कुछ अधमरे से रिश्ते हैं।।

कभी काँटे ना बिछा

नहीं मिलते तुझे
जो फूल सस्ते
ना ख़रीद, रहने दे
बस चल अपने रस्ते
ये तेरी जमा पूँजी है
चाहे लुटा, ना लुटा
किसी के रास्ते में
तू कभी काँटे ना बिछा।।

घायल होंगे तेरे पैर भी
ज़ख़्मी होगा तेरा वजूद भी
जो बिछाने के लिए
काँटें तू उठायेगा
हो जायेंगे छलनी तो
तेरे हाथ भी
अपनी ख़ुशी के लिए
तू किसी का दिल ना दुखा
किसी के रास्ते में
तू कभी काँटे ना बिछा।।

नहीं होता जो भला, रहने दे
सितम सहते हैं जो
उनको सितम ही सहने दे
गर खुशियों से नहीं भर सकता
तू किसी का दामन
छोड़ दे उनको उनके हाल पर
ना उनका दुख तू बढ़ा
किसी के रास्ते में
तू कभी काँटे ना बिछा।।

नहीं खिलते गर फूल
तेरे आँगन में
किसी के घर की तू
ख़ुशबू ना चुरा
चला ले काम अपना तू
घने अंधेरों से
पर अपनी रोशनी के लिये
तू किसी का घर ना जला
किसी के रास्ते में
तू कभी काँटे ना बिछा।

ये दुनिया नहीं तेरी मेरी
ना थी इसकी,
ना ही उसकी होगी
छोड़ के जाना है सब कुछ
यहीं इस दुनिया में
यही सोचकर तू
सब अपने रिश्तों को निभा
किसी के रास्ते में
तू कभी काँटे ना बिछा।

ना सोच कौन यहाँ
अपना रहा या पराया
निभा ले दोस्ती सबसे
ना कर वक़्त ज़ाया
ना बन दोस्त किसी का
ना ही दुश्मनी तू निभा
किसी के रास्ते में
तू कभी काँटे ना बिछा।

जो ना बन पाये खुदा
तो क्या ग़म है
बनके इंसान दिखा,
ये भी यहाँ क्या कम है
ना बन शैतान तू
ना ही किसी का
दिल तू जला
किसी के रास्ते में
तू कभी काँटे ना बिछा।

मैं (अंहकार)

मेरे लिए बस "मैं" हूँ
मुझसे कोई रिश्ता नहीं निभता
अहम कहो या कहो अंहकार
मुझे तो अपने सामने
कोई नहीं दिखता
जो झुकते हैं मेरे आगे
वही लगते हैं बस अपने
जो भी सिर उठाता है
मुझे अपना नहीं लगता।।

मेरे आगे सिर उठाने की कोई
हिम्मत नहीं करता
मेरी आवाज़ से बुलंद आवाज़
अपनी नहीं करता
मेरे दुश्मन को बच पाने का मैं
अवसर नहीं देता
मेरे ग़ुस्से से बच पाना भी तो
आसान नहीं होता।।

सान-दाम, दंड-भेद
बस यही मेरा ज्ञान है
धर्म-कर्म, पुराण-वेद
इसका मुझे अज्ञान है
पाप-पुण्य, अच्छा-बुरा
कुछ भी मैं नहीं मानता
दूसरों के कष्ट को
मैं तो कभी नहीं जानता।।

नाम है मेरा अंहकार
जो अपने पे मैं आ जाऊँ
ज़हर का बीज बोता हूँ
दिलों में कूट-कूटकर
ज़हन में घर बनाता हूँ
हर एक रिश्ता तुड़ाता हूँ
मैं जिसके पास टिक जाऊँ
वो फिर कहीं का नहीं रहता।

मेरा है नाम अंहकार
मेरे लिए बस "मैं" हूँ।।

रावण के जलते सवाल

जब भी जलाते हैं
दशहरे पर
पुतला रावण का यहां
हँस देता है
रावण भी
इस रामराज्य का
देखकर समां ।।

अब रावण पूछे राम से,
कहां छुपे हो, हे राम
जिनके हाथों तीर दे कर,
दे रहे हो दंड मुझे
क्या वो तुम जैसे ही हैं,
ये बताओ मुझको हे राम ।।

सदियों से जो
भुगत रहा मैं
तुम्हारी प्रजा के हाथों
ये दंड
करूं क्या उपाय,
जानूँ मैं कैसे
कौन राम है
यहां कौन लक्ष्मण ।।

तुम्हारा स्वरूप तो
इस भीड़ में
कहीं मुझ को
नज़र आता नहीं
मेरे चरणों की
ये धूल हैं
कुछ ऐसा भी
दिख पाता नहीं ।।

कुछ दो जवाब,
जो स्त्री-हरण का
पाप था मैंने किया
प्राण देकर भी नहीं
मुक्त आज तक
मैं तो हुआ ।।

आज तुम्हारे
राज्य में
जो करते हैं
नित चीरहरण
कब दंड मिलेगा इनको
बस दे दो जवाब
करुणानिधान ।।

रोज लुट रही है नारी
तुम्हारा न्याय
क्यों चलता नहीं
अब क्यों चुप बैठे हो रामा
क्यों दंड इन्हें
मिलता नहीं ।।

इनकी चीखों से तो
दहल जाता है
मुझ राक्षस का भी मन
तुम्हारा सिहाँसन
नहीं डोलता
अब ऐसे कहाँ
सो गए भगवन ।।

मेरे राज्य में तो
नारी इच्छा का भी
होता था मान
तुम्हारे राज्य में
क्या है आज
एक नारी का
मान-सम्मान ।।

चाहे हार मेरी
निश्चित थी स्वामी
पर मैंने कभी ना
हार मानी
अपनी बहन के सम्मान में
हथियार उठाऊँगा
यही ठानी ।।

अपने जलने का
कुछ मुझको
नहीं कोई भी
दुख रामा
किया था पाप
स्त्री-हरण का
सो दंड
भोगना था रामा ।।

पर इनको क्या
दंड दोगे तुम
बस यही बता दो
तुम रामा
इस रामराज्य का
न्याय क्या है
मुझको भी दिखा दो
तुम रामा ।।

मेरे रावण राज्य के
अंत पर
संसार में बड़ी
दीवाली हुई,
अब रामराज्य की
स्थिति विकट है
क्या नहीं है ये
संकट की घड़ी ।।

तुम तो प्रभु हो
मत आओ तुम
पर भेज दो
अपने सेवक को
जिसने दहन की थी
मेरी लंका
उसी पवन के पुत्र को
नाम जिसका है हनुमान
बाहुबली वो है जग में
केसरी का नंदन जो
उसी अंजनी के
सुत को ।।

जब सेवक की
इतनी शक्तियां
तो स्वामी की
कितनी होंगी
मुझको तो तब
दिखा दिया था
अब दिखाओ कुछ
अपनी प्रजा को ।।

अब तो जाग लो
करुणानिधान
यहाँ बच्चा-बच्चा
रोता है
ढूंढ-ढूंढ कर
थक गये सब
कहां राम हमारा
सोता है ।।

मेरे साथ
तुम्हारी प्रजा भी
जवाब माँगती
तुमसे है,
कैसे जगाएँ
तुम्हें राम जी
हम न्याय मांगते
तुमसे हैं ।।

नफरतों के खेल

तुम नफरतों के खेल से
थक क्यों नहीं जाते
बदले की भावना से
निकल क्यों नहीं जाते।

मन की शांति नहीं मिलती
मन में फ़रेब रखने से
डूबकर प्रेम नदी में
तर क्यों नहीं जाते।

कब तक जहर बनाओगे
कब तक जहर ही उगलोगे
साँपों की फ़ितरत छोड़
बदल क्यों नहीं जाते।

वक़्त कल भी वही था
वक़्त आज भी वही है
वक़्त को पहचान कर
सँभल क्यों नहीं जाते।

भागते रहते हो तुम
पीछे उन्हीं के क्यों
जो तुम्हारे पास कभी
आना नहीं चाहते।

जो साथ तुम्हारा चाहते हैं
जो प्यार तुम्हें ही करते हैं
तुम क्यों उनका साथ
निभाना नहीं चाहते।

जो खो गया उसे जाने दे
जो पा लिया तक़दीर है
उम्र के इस मुकाम पर
ठहर क्यों नहीं जाते।

युद्ध से भला नहीं होता
युद्ध से भला नहीं होगा
जीवन में अब लड़ाई से
थक क्यों नहीं जाते।

बदले की भावना से
निकल क्यों नहीं जाते
तुम नफरतों के खेल से
थक क्यों नहीं जाते।

आधे-अधूरे

आधे-अधूरे से तुम
आधे-अधूरे से हम
क्या जी पायेंगे मिलकर
ये पूरा जीवन हम।।

दोनों की एक कहानी है
फिर भी अलग हैं हम
दोनों नदी के किनारे हैं
क्या मिल पायेंगे हम
बहते जायेंगे साथ-साथ
दूर से देखेंगे हम
क्या जी पायेंगे मिलकर
ये पूरा जीवन हम।।

कुछ जज़्बातों की गर्मी है
कुछ एहसासों की नर्मी है
कुछ बस तन छू जाते हैं
कुछ पल मन तक जाते हैं
साथ तो रहते हैं हम
क्यों फिर जुड़ते नहीं
दूर रहकर भी देखा
जुदा हो पाते नहीं हम
क्या जी पायेंगे मिलकर
ये पूरा जीवन हम।।

रिश्तों की भीड़ में देखो तो
कितने अकेले हैं हम
कुछ हैं अलग तेरे रिश्ते
कुछ अलग से हैं हम
कुछ ना रहे तेरा-मेरा
मिलकर चलें दो क़दम
क्या जी पायेंगे मिलकर
ये पूरा जीवन हम।।

कहीं ये तन मरता जाता
कहीं ये मन जीना चाहता
कुछ किसी की है मज़बूरी
कोई मजबूर बन जाता
मजबूरियों की कहानी में
कैसे रहेंगे ख़ुश हम
क्या जी पायेंगे मिलकर
ये पूरा जीवन हम।।

साथ जो रहते हैं हरदम
पास वो होते नहीं
दूर रहकर भी कुछ तो
दिल से खोते नहीं
साथ रहकर भी देखा
दूर जाकर भी देखा
जुदा नहीं रह सकते तो
जुड़ भी सकते नहीं हम
क्या जी पायेंगे मिलकर
ये पूरा जीवन हम।।

तोड़ के सारी बंदिश
छोड़ के सारे भरम
तू-मैं दोनों मिलकर
एक हो जायें हम
मैं ना रहूँ फिर आधी
ना ही अधूरे रहो तुम
आधे-अधूरे दोनों मिलके
पूरे हो जायेंगे हम
यूँ जी पायेंगे मिलकर
ये पूरा जीवन हम।।

आधे-अधूरे ना रहो तुम
आधे-अधूरे ना रहें हम
यूँ जी पायेंगे मिलकर
ये पूरा जीवन हम।।

9 789387 328488

Printed by Libri Plureos GmbH in Hamburg, Germany